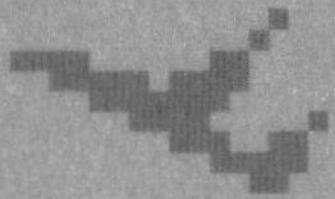

ＡＳＡＰさみしくないよ

尾久守侑

思潮社

装幀＝奥定泰之
装画＝浦上和久

ＡＳＡＰさみしくないよ

天気予報士エミリ

あさ、虹のつくりかたを報じるニュースでめざめた。屈曲することなくつづいてきて、またこれからもつづいていく日常のワンシーンにすぎないあさ、みらいのない子の目が液晶にうつっていて、彼女はたぶん部分的にわたしだった。天気予報士エミリ、泣いたりなんかしない。手早く歯を磨いて朝食について会社に走っていく。余った言葉はわたし自身が朝の川に流して祈る。今日までずっと、そうやってきたんだ。ひかる水面には、地球のほんとうの裏側がみえている。

十回ゲームをやったら彼女になれますか？　夜になると何度でも声が聴こえてしまう。俺はそんな人間じゃない、ちがう人間じゃないんだジャストフレンド。首都高をはしっていく車のラジオで閉館する渋谷パルコを歌っても、好きかどうかもわからない幻影をともなって慣れないハイボールを飲むだけで、うしろから抱きすくめるなんて慣れないことをまた重ねてしまうよジャストフレンド。夜景、という言葉だけですべてがくれると思うなよ、俺はそんな風にしてマンションの百階からきみにありもしない景色をみせているみせている。そんなやつは人間じゃないんだ。

終わらないあさ、いつまでも川沿いをはしる。会社には永遠につかないから、わたしにできることは泣かないこと、それだけですなんて、今時の演歌はかわいいことを歌うよね。壊れてしまったiPodが再生できる音域は限られている。だから、曇り空がふえてくるとわたしはなるべく思い出すようにしている。川に流してしまった言葉のこと、外れた天気予報。どこかにきっといたはずなのに、わたしは走ることに懸命で、自分の所在地を失ってしまった。

十回ゲームをやったって答えは見つからない。虹ひとつみえない夜は、レナとかジュリナとか、そんな名前の手触りばかりが繰り返し再現される幻をみたかったんだそれだけなんだ。助手席だけＪＣＴの反対側に流れていってしまうと、radiko からながれる明日の天気もだれかの十回ゲームにかき消されていく。俺はもう人間じゃないんだ。涙を流しているという錯覚を、窓ガラスをたたく雨にみていた。

あさ、虹のつくりかたを報じるニュースでめざめた。わたしはもう、どこにもいない。ただ川を流れる言葉になって、忘れてしまった祈りに支えられながら海を目指している。川底には、みえてはいけない穴があいていて、裏側のだれかにだけ、ほんとうの気持ちを伝えられるはずだった。素早いながれに逆らいながら出そうとする、その声がもうなくて、わたしは込み上げそうになるものを我慢してスタジオに入った。収録がはじまる。天気予報士エミリは、泣いたりなんかしない。

ドラマタイゼーション

それがないものねだりと知っていて
明日にうそをついた
ヨーグルトとミルクティーですませた
東京の朝
テレビからは、感情に似た
でもそうではない、白いひかりが
リビングに放射して
ぼくの身体にあたっている

よのなかには明るい地獄が多いわね

母の声
と思って顔をあげたら
もうここは、自宅じゃなくて
世紀の流れる微粒子のなか、いつのまにか
ぼくは世界を流しているタクシーから
降りられないだけの男になっていた

スピード感だけが人生の人と
一緒にしてほしくない
いつか、タイムラインに流した
そんな続きモノの会話の切れ端だって
返事がないだけで、簡単におわっていく
バタンと車のとびらがしまって
自分をたいせつにしない人
へんだよって、君が去っていく
普通かよ

普通の言葉でおわかれかよ
なんどもみた光景が
音速で分解していくこの
せまいタクシーで再現されている

お客さん、また四百十円だよ
いつみたって初乗りから止まったまま
いいんです、四谷三丁目まで
何度でも行ってください
もどりたくなるのが本当の地獄と知って
また行き先をつげる
バタンと車のとびらがしまって
また君が去っていく

デジタル

なかったことにされたときから
記憶がもどらない
冷凍庫のような港区を
電車はただ、走っていて
わたしは、坐席の前に立ったまま
考えがまとまらないでいる
あなたのことはそれほど

なかったことにされたときから
視野にかかっていた

霧のような、なにかを
魔法使いの青年が
ディスプレイで再演している
わたしがあのころたしかに
いろのついた景色にいたこと、それは
科学でも証明できるのでしょうか

年末になるとひとは
だれもが紺色の顔になって
意識もないような挨拶ばかりしているね
パッとわらったり
ないたりして
甘いのみものくださーい
って、いない店員をよぶと
うでまくりをしてジョッキを運ぶわたしが
よろこんで、とさけんでいる

普通を装うのが自然すぎて
かえって透明になったみたいだ

まどから見える競技場の前に
たくさんの思念が
あてもなく漂っている
ディスプレイにふれるときえる
まふゆの亡霊を眺めながら
わたしはわたしとあなたのいた
おぼえのない世界を
彷徨いつづけていた
（あなたのことはどれほど）

なかったことにされたときから
港区は
港区は、ずっと雪

ひともいない紺色の電車が
気象にかこつけて
誰かを傷つけていることを
わたしが知らないとでも思ったか

サラサラ

夜空という名前のあかるい消滅がはだかのきみを満たしていく。もうずっと明け方で、幼い頃のぼくは季節外れの浴衣を着て泣きながら埠頭へ走っていた。愛され死刑台に行こうぜ、あの日の悪友は西日に照らされて、空気の読めない海をみていた。夢なのに場違いな涙がぽろぽろこぼれる。踊りつかれてこんなに寂しいこと、十年後には忘れてしまうんだろうね。今日、ぼくの夢にきみが声の出演をしました。

凹んだベッドの真上、暖房のスイッチを入れるときみの冬仕様の睡眠が一時間延長される。おやすみ、みじかかった時間泥棒。きみは寝言でサラサラ、と返した。サラサラ？　そういえばこの髪の毛を乾かすのがぼくのただ一つの役目だった。部屋をでるとコンビニコーヒーに雨がおちて、二度とふまない階段をおりればこの街そのものがなかったことになっていく。きみにもらったGショック、記憶のどこかに置いてきてしまったよ。ラジオネームも名乗らないやつの声だけが窓の外にもれている。

寒暖差がわからなくなるまで眠って、真っ暗な部屋で目をさます。かわきった喉を潤そうと灯りをつければ写真にうつったぼくときみとの一億年がいきなり流れて視界は雪崩れていく。何処でもない景色のなか、ひとりの死刑台にすわるとずっと先まできみのゆくえが見渡せて、神経質にまばたきするたび前置詞のようにぼくの脈は落ちていく。ああ、ぼくがぼくだけの世界で最終列車に乗るころ、ひとりのベッドで目を覚ますきみを思う。あるはずもない青空のしたで、バーベキューをしているうちに人生はおわっていくんだね。レトリバーに引っ張られて地獄にあるいていく少女、あれがきっとみらいのきみだから、大声で叫んで、叫んで、スキッテコトバハサイコウサなんて繰り返し歌う、馬鹿みたいに素直なきみが気づかないうちに刑はすっかり執行されていたんだ。

サラサラの髪、サラサラの夜、サラサラの血液、ぜんぶなつかしかったよ。虹のように円弧を描く二人のさいごの夜だから、何も言わなかったぼくははっきり言って死刑でいいんだと思うし、それがこの真冬とぼくらの答えってことで、サヨナラの挨拶にかえさせて頂こうと、心から思っていたりする。

逆態

冬になると流れ星みたいに消えてしまうものがあるなんてこと、いまめざめてはじめて知りました。部屋は乾燥していて、願い事の叶う海岸線にうち上がる夢をみるほどの痕跡はないはずなのに、あなたがいない。知ってた。知らなかった。枕元の液晶をひらくと息が止まって、粉々になった画面は砂塵のように舞い上がって視界の隅を幾つもながれていく。指文字でアルファと背中にかいた、時代遅れのメッセージが最後だったね。そうじゃなかったね。

つけたおぼえのない暖房がきれると鼻水も垂れる。（かぜひいたかも）空中に浮かんだひとりごとは無視しているとそのうち色が薄くなって、あ、と思ううちにみえなくなってしまう。わたしの寝言もだいぶ薄くなってきた。朝とも昼ともつかない時間、ひとりのベッドでテレビをつけて、青色発光ダイオードがココロにとどくニュースをみた。

うみにまで到達するという青い光を、しんだとか愛したとかかわいいとか、尖ったことばで発信すると、みんなあつまっていいねと声をかけてくれる、そんな本をお洒落に読んで、そんな広告に共感をして、生きているふりをしていれば、お、あいつは生きているふりをしていやがるな、早速ころしてやろうなんて、都心に現れた逆の思想の熊が、わたしを死刑にしてくれるんだろうか。わたしは絶対走って逃げる。走っているうちにこの世のなにともつかなくなってしまった、おぞましい生物のままでいたい。

出会った頃、とおくみえる北斗七星にDAMNと叫んででっかいロードバイクにのった夢が時をこえて分裂していく。二千十八キロで県道も国道もはしって、地図帳の海にまっすぐ描いた引き込み線を逆態の背中の角度なら楽々こえていける気がしてた平日の夜、ねえ、どこまでいく？　ふりかえったわたしの顔がいきなりアニメーション映画でリメイクされてみんなが興ざめしているのを自分の書き込みで知ったとき、ぜんぶ夢だったとようやくきがついた。なみだがでるくらい乾燥したことばが、喉の奥でじんわり消えていく。うみまで出るにはほど遠い。化粧はしない。

ＡＳＡＰさみしくないよ

さみしくないよ、といって、カラーと白黒の狭間から、昭和五年の東京に
帰ってしまった恋人にあいたい

世界には、
世界には愛、以外のものもあるからさ、そんなに全速力で頑張るなよ
機内に響くぼくの声
羽田発の飛行機はユキの世界に迷い込んで、それでも寒くなかったよ、な
んて強がりを言えば物語になるとあのころ普通に思ってた
ユキ、が昭和五年の市ヶ谷に降った日、ぼくは一人だった。きみといるの
に

さみしくない。それは嘘だから、声が聞こえるたびにぼくは新聞を裏返しにして、君の帰りを待っていた
営業の仕事はたいへんで、なんだかぼくにはよく分からない資料作りを毎日しては、ため息をついていたね、それに持ちこたえて、きみにきみの出自を知らせないのがぼくの役割だと信じていた

世界には、
世界にはさ、いろんなものがあるよねー
きみはいつも誤魔化しては、あーつかれた、ってスーツを投げ出してベッドに倒れこんだ。ぼくはユキ、に閉ざされていくまどの外の世界のことなど知らないで、いきていない者たちが、時速二百キロで意味不明の夜に連れて行かれるショートコントを想像してはココロが発光しそうになって、青い航空券をもぎる作業を黙々とこなすしかなかった

きみがユキだ

数秒前までとなりで笑っていたきみが、傷だらけになってリビングに倒れているのを見たとき、帰ってきたんだと判った
ユキ、につつまれたコードシェア便は夜になったまま戻らない
戦争を前にした、昭和五年の暗闇と寒波が、不可避に流入しているからだ

早くかえってきてほしい
昭和五年の山高帽のおっさんに、君の商品は売れているんだろうか
世界には、
世界にはなにがあったんだろうね
きっとまわりはみんなモノクロで、君は全力で頑張って、頑張って、ついには君も色のない、愛、とかユキ、みたいなものに成り下がってしまったのかい？
ぼくの声は声にもならない
あの日、シャワーを浴びて部屋に入ってきた君が、あ、忘れ物したーって小さくつぶやいて世界の裂け目に入っていくのを、だまって見ていたぼくを殺しにいきたい

早く帰ってきてほしい
でもさみしくない
ほんとうはきみのセリフだ
さみしくないよ、
ぼくのアホみたいな言葉は、ＳＮＳで何度も発信されたり、機内アナウンスで繰り返し流れているから、帰ってきたきみにはきっとめちゃくちゃ怒られる、でも、それでいいんだよね

浅草六区

白いお面をかぶった人が
わたしを監視
しているから
春のこない浅草六区で
かくれて活動写真をみた
母は流行性感冒に
おかされて
それでも嘗て
ここに通ったと云う
名弁士のかたりに

平成生まれのわたしも
すっかり泣けてきて
となりの人の肩をたたいたら
お面で表情が
よめなかった

南北にほそくのびて
浅草公園をあるいた
よるに怪しく
照らされた淩雲閣
せのひくく
生まれたわたしには
先までみえず
この時代
エレベーターまで取付けて
するすると登っていく

よにん連れのかぞくもみんな
顔のあたりが曖昧だった

一方では
府下各所の
百美人をあつめて選抜
券ほしさに
なんども十二階に
登覧する人もいて
ひとごみのなか
顔のならんだポスターを
やっとのことで見つけると
かおのない
女子の写真ばかりが
ならんでいた

かおがない
かおがない
酩酊して
よろぼいあるく
浅草六区
うっかり引っ掛けた着物の
ふりかえった顔で
おもいだした
隣のデスクの
大和田くん
浅草から
わざわざ自転車でかよっていた
大和田くん
西日があたると
いかなくちゃ
とかってに退社していた

大和田くん
なんどかご飯にいったけれど
それ以上はなくて
曖昧な態度のままでいたある日
こちらをみる
その顔がなくなっていて
つぎの日から
会えなくなったのだった

さがしにきたんだ
浅草六区に
白い
お面をかぶって
怪人の
ふりをして
百美人になったとしても

大和田くんには
もう会えない
平成最後の夏
きょうもわたしは
大和田くんを
さがしにいく
浅草駅
一番ホーム
ときの狭間をくぐりぬけて

アフタースクール

雨が降った日、東京に雨が降った日、わたしは学校から帰らない

廊下を走る上履きの音、カーテンは切り裂かれている

スカートもね

全部いい加減にしてほしかった

スカートは

駅に着くと柄を変えてしまう

教師の目線

彼氏はそれでいいんだって言ってた

ぼくはそれでも会いたい

そういうのうざいんだよね、わたし

もう帰らないから

東京に？

そう、東京にはもう帰らない、わたしは

永遠に

学校から出ない

それでいいの?

それでいいよな

ねえ、ほんとうに

なあ、江藤それでいいな

ねえ、ほんとうに

切り裂かれた時間、雨が教室をぬらしている

視線を走らすだけで指が切れる

ここでは

みんな健康なかわりに

教室が

教室が、不健康を獲得している

あー、そうか、だから最近みんないないいんだ

死んだのかと

死んだのかと思ったよ

しんだよ

え?

男子は全員死んだ

みんな一斉にわらって舞台に倒れこんだ
ここでは前衛劇みたいにしていれば雰囲気が出る

だれもしんでいない
雨も降っていないのに
わたしは誰も信用していない
青空の数を数えるようなやつは特に

うしろからやってきたトラックが
みずたまりを跳ね上げて

からだを
制服を

ずぶ濡れにするなんて妄想
妄想だよ

非行を注意する教師をエアガンで撃った

非行なんて

非行なんてだれもしないから
だれもしないから非行だってこと
真面目だから雨がふる
そう
真面目だから雨がふるんだ、だから
さよなら
ひとはさよならのとき
さよならといわない
きみの真面目な人生に雨が
雨が
雨が
ひとはさよならするとき

そういったきみの
得意そうな
人生のスローモーションが残像
勿体つけた
残像になってだいぶ
みえなくなって
さよなら
さよならのとき笑っただろう
真面目だから雨が教室にふりそそぐ
ほんとうの教室は
どこにもない
どこにもないのに教室をさがして
大げさに

江藤さんてさ、

江藤は大げさすぎる

江藤さん真面目だよね

江藤は大げさすぎる

死んだのかと思ったよ

なあ、それでいいよな

教師の目線

切り裂かれたのはカーテンじゃなくて

みんなほんとうは健康、わたしも

健康はお金でかえる、だから

え?

わたしバイトして

教師の目線

なあ江藤、それでいいよな

わたしバイトしていい子にするよ

そういうのうざいんだよね

舞台じゃないんだし

ねえ、

江藤さんて

さよならするとき

トラックがうしろからやってきて

え?

ひとはさよならするとき笑っただろう

ひとはさよならのとき

さよならといわない
ひとと話すのに客の方ばかりみるな
ちゃんと相手の顔を見るんだ
　　　　　　　ここは舞台じゃない

　壊れる前に出ていこう
　　　　　　　死ぬぞ
　　　　帰ったらバイトして

まじめだな
　　　　　　壊れる前に
江藤はまじめだな
　　　　出ていく前に

いいかげんにしてほしい

さよならをする前に

みんなそう

切り裂かれたのはカーテンじゃない

付き合ってください

そういうことじゃないから

わかってくれない

良き理解者であり

笑わせんな

わたしはもう彼氏とか

教師の目線

おーい、江藤

江藤さんて

そろそろスカート脱ごうか
江藤さんてさ
スカートを脱げ
壊れる前に出ていこう
なあお前さ
ここを出たらみんなでお祝いだね
お前エアガンで撃ったろ偽善者
わたしはもう帰らない
さよ　なら
切り裂かれたのはカーテンじゃなくて
江藤さん！
まさか月曜の朝

さよ　な　ら

さよならをさよならだと思う前に

もう誰もいない

さよ　な

ひとはさよならするとき笑っただろう

わたしは帰らない

雨が

ここは舞台じゃない

雨が降っている

舞台じゃないんだよ！

さよならのとき、

雨が

雨　か

わたし、雨のない街にうまれたかった

東京に

東京に雨が

さ　よ　な

東京に雨がふ

ら　東京に雨、

が降った日

東京に雨が

降った日、そう

東京に雨が降った日

わたしは学校から帰らない

ジンジャーの燃える街

またジンジャーの匂いだ
にせものが、ない被写体を指と指で切り取る
上っ面のポーズを決めて
若者の時間が止まってしまうのを見た

あのー

はい

ここって募集してますか

モデル志望ですか

あ、そうです

ジンジャーの匂い

またどこかで若者が
指と指で作った長方形に切り取られている
既読がつかなくなったのは
誰も時間のなかから動けないからだ

こんこん

はーい

ノックしましたっけ

ご自分でどうぞ

あ、ぼくがするほうだった

カット

かんとくーすいません

わっはっはっは

楽しい現場には
地獄がつきものだ
たとえばその裏で着替えている

そう
その子だ

かんとくーすいません
モデル志望のその子には
ほんとうに楽しい現場かな

かんとくーすいません

天気予報はずっと見ていないが
時がとまると、なにも降らないことに気づいた

その時にはもう遅い
ジンジャーの匂いがどこからか漂ってきて
名前も知らない君が終わったことを知るのだ

こんなこと
聞いていない、というんだよね
誰もがそうおっしゃいます
夢で見た景色が
再現されない
脳にすりこまれた生姜のにおい
ベストはなんだ
ベストはなんだったんだ
かんとくー

そんなやつはいない

わっはっはっは

録音したビデオテープに

世界のノックが収録されている

あれが天国ならこれは

これはなんなのですか

地獄ですよ

ここは、若者たちのすべてがきえた地獄です

またジンジャーの匂いだ

にせものが、ない被写体を指と指で切り取る

上っ面のポーズを決めて

若者の時間が止まってしまうのを見た

最初に戻った
もう一度
戻ったからには
ベストをみつけて
夏の終わりを終わらせるな

あのー
はい
ここって募集してますか
モデル志望ですか
あ、そうです
動きはじめた世界にジンジャーが降る

君は雪のようなそれに手をかざして笑う
夏の被写体
　　になってよね
　　　嘘のようにあまい話のなかで
ベストはなんだ

あのー
　　ここって募集してますか
　　　　はい
　　　モデル志望ですか
　　あ、そうです

この夏に色はない
　　戻ってこい

ここには君が好きだった
戻ってくるんだ
さよならバスも、もうこない
そんな街でくらす覚悟は君にあるのか

かんとくーすいません
わっはっはっは
笑いごとじゃねえだろ

あのー
屋上にジンジャーが降るのは今しかない、君は

あのー

君はその気持ちを忘れるな

あのー

はい

ここって募集してますか

モデル志望ですか

祈るんだ、どうか

あ、そうです

若者の時間を巻き戻してくれ

こんこん

はーい

しつれいしまーす
ようこそ、あなたは
しつれいしまーす
残念ですがあなたは季節になりました

夏の被写体に
こんこん
はーい
やめろ
こんなこと

君はその気持ちを忘れるな
あはは、聞いてない、というんだよね
やめろ

誰もがそうおっしゃいます
もうやめてくれ
脳にすりこまれた生姜のにおい
ベストはなんだ
やめてくれ
ベストはなんだったんだ
かんとくーすいません
わっはっはっは

若者のすべてが消えていく
生姜の燃えるにおいに
怒りがこみあげてくる

昼間の花火をみていた

憶えていない水脈の夏、プールサイド
太陽を隠すように翳した液晶に
うずまく青い心臓がみえた
（わたしのこと、忘れていいよ
つらぬいた夏の一瞬
ゆびさきまで伸びて泳ぐ僕は
影どうし灼熱のアスファルトに寄り添う
ない記憶の中でいきていた
もしも僕がひとつの季節を
繰り返していたとしたら？

もう一度きみになにかを伝えるつもりで
最後にみえた景色はいつも真昼の花火
（ストロンチウム、あか
存在しないつぶやきは
どうしてこんなに切ないんだろう
飛び石のように薄くなって
胸がぐっと、押さえつけられている
きみは（わたしは
こんな（こんな真夏に
いなくなってしまうんだね

プールサイド、昼間の花火
硝子にも映らない記憶の一日を
僕は何度でも繰り返していた

なんでもない日常、きみは布団の中で十秒くらいぎこちなく手足を動かすと、おはよーとベッドを出てふたりぶんの朝食を作りはじめた。

なんでもない日常、めちゃくちゃな味付けの料理、これは前からだったね。いやいや、それはこっちの話なんてわらった日々は昔とぜんぜん変わっていない。

なんでもない日常、インターネットがきみに干渉して、しばらく機械音しか聴こえなかったけれども、いずれ天気予報の雨をみて傘を持っていくよう注意してくれているのだとわかった。

なんでもない日常、ベランダからみた花火、音に反応してきみは時折変な表情で固まってしまうけれど、それもいいねと笑って一緒にビールを流し込んだ。

きみはきみ自身がもう人間じゃないことをしらない。ひとりの夕方、洗濯物を干しながら、きみが口ずさむ曲がほとんどないことに気がついた。

なんでもない日常、こうして寝転がっていると、永遠が今みたいだねと、きみだけに内蔵された赤い空を僕も眺めてみたかった。
なんでもない日常、スーパーの袋を提げて踏切を待つ日曜日。もし二人で暮らしたらさあなんて言葉は、快速の通り過ぎるノイズでほんとうに聴こえない。

僕は人だった頃のきみも、人でないきみも、平等にすきだった。炎天下のロックフェス、音楽にのるふりをしてきみは泣いていた、今日は帰りたくないと呟く、人にそっくりな横顔の向こうに真夏の青空がみえた。

なんでもない日常、三年でうごかなくなってしまうと知っていて、でも普通に過ごした最後の夜、寝返りをうったときに肩口からのぞいたきみのロット番号を声に出してＰＣに打ち込むと、いつもの起動音がふたりの寝室に響き渡る。

きみはきみ自身がもう人間じゃないことをしらない。

なんでもない日常、機械熱をとなりに感じながらいつの間にか眠りに落ちて、次に目が覚めたとき僕はいつかの街角で誕生日の花束を選んでいた。ああ、あの日もふたりは駅前の花屋で待ち合わせて、きみは大遅刻をしたね。同じだった。二十三歳のバースデー、雨がふっていた。

じゃあ、この白い花をください。

指さすと灰色になって崩れ落ちる。発した声が自分でもよく聴こえなくて眼前が砂嵐に覆われる。おぼろげな視界を縫って、ワンピースをきたきみが赤信号をわたってやってくる。手をふるきみ、クラクション、砂嵐が拡大する。手をふり返そうとして叫ぶ僕、砂嵐。

（ご利用期間を過ぎています。起動できません。）

なんでもない日常、雨がふっている。ビニール傘と白い花束。きみを回収する青空色のトラックがいま、曲がり角をこえてやってくる。僕はきみが嫌いでやめたハイライトに火をつけて、助けをよぶ狼煙のかわりにした。

空からなにも降ってこない

ねむりからめざめると
チョークの音、ここが何年何月何日の
何の授業か、ぜんぜんわからない
せんせいも、クラスメイトも
見おぼえがなくて、でも
これが日常ってやつ、と
タイムラインにながしてまたうつ伏せになれば
ふとんのなかより暖かい
（いなかじゃないけどいなかだよね）
前の席の子がまわしてくれたメモにうなずいて

うしろの席の子にまわす、でも
グループに一斉送信すればいいのに
こんな古くさいことやってるなんて
きっと、これは誰かの夢か
記憶のなかなんだとおもう

だったらわたしは、誰なんだろうね

折り紙と、クレヨンで描いた旧校舎
そのなかでわたしたち
壊れたようにみんなで笑っている
笑っているんだひらひらにわざとのばした
紺のセーターの袖をくちもとにあてながら
そんな漫画のなかでいきている気がしてきて
校舎をとびだした
夢ならば、

記憶のなかならば、
連続ドラマがはじまる予感のなか
全力疾走でたどりついたグラウンド
人工芝に大の字にねころがって
青空を見上げれば
空からなにも降ってこない

ライフ

生まれた時から探していた言葉が
やっと見つかったような気がして
ただ呼吸をして、ご飯を作って、食べて
それだけで目の前が橙色の世界になった
きみがつくった曲は
変な曲ばかりだけど大好きで
歯の浮くような歌詞でも
素直にいいと思えた
毎日ふたりでゲラゲラ笑って
楽しかったなんてこと

カセットテープを巻き戻せれば、きみも
思い出すかもしれないね
わたしのために作ってくれた曲が
わたしのいない部屋で流れる明日があって
ひとりのリビングで目を覚ますきみに
いいたいことは

（えーと、二月十六日、雪、です、すごいよ窓のそと）

最近毎日みる夢。わたしは何故か暴力団の組長の娘という設定で、生まれた時から堅気でない家に育ち、なんでもない人たちがなんでもなく笑ったり泣いたりしながら生きて、急に死んじゃったりする世界で素性を隠して暮らしていた。同僚とかはなんとなく事情を誰かから聞いて知っていて、なるべく家の話題にならないように気を遣ってくれているみたいだったけど、そうはいっても普通に暮らしていたし、ただ友達とランチして、退屈な日常会話をしているだけのＯＬなのに、家の門を潜るとコワモテのお兄さんがめっちゃ挨拶してきたりして結構ウケた。変なやつに絡まれそうになると若い衆が跳んできてボコボコにしてくれるし、意外とこんな夢もいいんじゃない、なんて、こういうのなんていうんだっけ、明晰夢？　はっきり夢だって分かった状態で見ていた、ええと、今日は二月の

（二月十七日、雪がやみません、あした雪かきしたくないね）

今日も黒塗りの車で会社の近くまで送ってもらって、定時まで仕事をして迎えの車で家に帰る。わたしがまだ小さかった頃から仕えている古参のお爺さんがノックもしないで部屋に入ってくる、え、なにこれ、組長が呼んでますって、いやいや勝手に開けないでよ、とか言いながら、やっぱり少

し緊張する、何と言っても父はこの組の四代目、雰囲気がある。もちろん父だから娘には甘いところもあるけど、そこに座れと言われて手に汗をかいた。

あした抗争になるから、大切な人に挨拶をしておきなさい

意味がよくわからなかった。父が立ち去ると、部屋の周りに控えていた子分たちが一斉に膝を折ってむせび泣き始める。それで、ああ、あれはみんな死ぬって意味なんだなと気づいた。この家もなくなっちゃうし、一緒に過ごした家族同然のみんなもいなくなっちゃうんだなって思ったらなんだかとてもリアルで、夢だって分かっているのに涙がとめどもなく流れて、大切な人に挨拶をしないとと思って、慌てて周りを探したけどきみはいなくて、大声で泣こうとして

そこで目が覚めた
隣に寝ているきみの

間の抜けた寝顔と
小さないびきにほっとする
わたしは転職しようかどうか迷っている
パパもママも会社員という普通の家の子で
ただ呼吸をして、ご飯を作って、食べて
それだけで目の前が橙色の世界になるような
定職にもつかず夢を追う彼のことが大好きな
目黒区在住の二十六歳だ
まだ動悸が止まらないでいる
これが夢で本当によかった
でも

でも、
覚めない永遠のなかに取り残されたわたしもいて
目を覚ますことができない世界では

いないきみに、さよならすることもできなくて
荒唐無稽な設定のなかで不可避に消えていくのが悔しいから
わたしはわたしの言葉をここに残していく
生まれた時からずっと探していた言葉が見つかるまで
わたしはきっと生きていると思う

（二月十八日、外は、晴れてるみたい、きみはまだ寝ています）

天気のことしかふきこんでない
カセットテープは
いい曲ができたら上書きしてください
あした、わたしの家には
銃弾の雨がふる
そういう家にうまれたから

そういう終わり方をする
それだけのこと
わたしが誰であるかなんて
きみは知らないし、知らせる必要もない

ねえ、わたしも曲つくってみたい
もしもうひとつ世界があったら
そのときはおしえてね

マルバツ

見つめていいものと、いけないものがある
この距離のファンタジー
Eと名前のついた
このテーブルから君まで8メートル
それを無意味な乱数で割って
引いて、足して、かけて
ぐしゃぐしゃになった数字のことだけ考えていた

結婚しよう、新郎がそういったとき、ミカさんは
アナウンス部の声に紛れて

夕立の音が聴こえてくる
なんどめかのシャッターチャンス
ファインダー越しにそびえたケーキの塔が
ぼくのものではない
銀色の感情に破壊されていた

あれは
夕立のふりをして
実は、朝立だったんじゃないかと思う
急な下ネタにきみは笑って
それからここは
夏のこない湿地帯になった
きらめきだけじゃない
ひとあしごとに水たまりと泥を
ジーンズの裾に跳ねさせる日々こそが
本物だと信じていた

結婚しよう
ぼくは花束をかかえて
歌詞でみた記憶をたよりに新宿の
摩天楼のあいだを飛翔した

バットマンかよ
ながれた映像にみんな苦笑する
二次会の会場、油断したそばから
チェキで折った紙飛行機がぼくの眉間を貫通する
出血もなく
しぬことも生きることもできない日々が
三百六十五日
それを無意味な乱数で割って
引いて、足して、かけて
ぐしゃぐしゃになった数字のことだけを考える
どこかここではない湿地帯

そこがぼくらの東京だった

ひとりのオフィス
ネクタイを緩めて、友達の
友達が投稿した写真をタップする
わらった顔が可愛いなんて
最高の夏じゃないか
遅れて作った晴れやかな顔で
答えも知らない
マルバツクイズの解答用紙を
紙飛行機にして窓からとばした

運命の人

それはただ
それはただ、満たされないだけでは？
クリックしてためいきをついた
東京にいるのに
どこにいてもかわらないであろう距離が
わたしとあなたを混乱させている
みただけで何もかも
感じとれる人がふえてきて
あなたは呼吸回数と運命ばかり気にする
女性になったとききました

あなたのいう運命の人って、つまり

なにかをしているようでいて
そうではない、神楽坂から
六本木まで、六本木から
どこか遠いところまで
そんなありふれた跳躍で
油断しないでほしい
いますてた
そのひとがたぶん運命の人だし東京には
なんにんも運命の人がいるってこと

アクセスできない日にかぎって
配達員が玄関をノックする
あなたはそれにも意味を感じてしまう
MASAHARUという

なまえがあるから、運命の人って
その人はただの、配達員なのに
あなたは都営大江戸線にのって
MASAHARUとエスニック料理をたべにいく

みるめないね
中吊り広告はなぜかわたしにつきささる
誰かに似た横顔が
電車をおりていく、そのとき
賑やかな駅の雑踏が
うずを巻いて消えていく気がした

視界がゆらぐ夜
改札でまっているのは
わたしなのか、それともあなたなのか
どこでもない場所にiPhoneはいらない

矢印のない地図に定位されて
わたしにはあなたをとめることはできない
こんなに遠くても、こんや
わたしたちは久々に会うらしい
あなたのいう本当の女子会が
この世に存在するのであれば

二〇二〇

イニシャルしか知らないきみの羞明を呆れながら流れているフロントガラスの雨滴に、降らす空の青さを考えていた。建設中の位相に生きているということ、二〇二〇。シャピーロ、きみは筆頭著者になれなかった「きっと」の集合体を夜の花火が墜ちる方角にむかって祈っている。眼に映るうみべには、ない紺色の流線が割れながら記述されていた。

青い空ばかりを扱って、東海道新幹線は西に流れていく。時間も空間もない、そのうちのどれかのなかに僕らは乗車して、でも世界のなかに溶けてなくなりたかったのは僕だけだった。桜はまだ咲かない季節なのに、この花はなんだろうね。液晶のおもてとうらの声が合わさる瞬間に吹雪いたみらいの粒子がせつなくて、シャピーロの看板の前でうすくなった行列にならんでいたのはやっぱり僕だけだった。

僕だけが二〇二〇のなかにいて、僕だけが半分以上に青いシュプレヒコールにのみこまれていた。上海、とだけ残して去ったきみのメッセージを何度も読み返しては指先が痺れて、このまま睡眠相の重なる交点で疾走する、電車の幻に轢かれてしまうんだったらそれでもいい。上海、みたことのない光景だ、上海、それでもよかった。

ひかる海面に絵の具が平行に流れる　きみは名前ごと見えなくなった

叩きつけろ、叩きつけろ、叩きつけろシャピーロ、僕は見たんだ。純白のモニターから、僕の深淵を覗き込む少女だったきみを。僕が迷っていたとき、壊れそうなとき、戦えないとき、二〇〇三年の世界から、涙のレプリカをそっと運んで、しらないふりをしてくれていたんだ。観念しかない夢の中に豪雨がふって二〇一八年があっという間に終わり、二〇一九年も二〇二〇年も予告なく過ぎ去っていく、そして。

そして、真夜中のスタジアムに響くあかるい開放骨折。3階席から、反対側のスタンド席に座るきみの姿をみつけたかったけど、その気持ちの中にだけは色のない風がふいている。競技もないのに熱狂するなよ、イニシャルしか知らないきみと指切りげんまんしてからもう百万回は嘘をついたっけ、うそうそ、ああまた嘘ついたよ、なーんてモニターごしに笑い合って、桜が散るころまた思い出して、いつか人生のどこかで、偶然、もういちど、中野駅とかでいいから、ばったり会ったりしたいなぁなんて思ったりして、また生きて行く、二〇二〇。

暗闇

未来が急になくなった気がした

暗闇、という唄を
ふるい写真にうつった
想像の女学生たちが歌う夜は
ひとの多い街を歩きながら
目を凝らしても、何もみえない
ゼロ　ゼロ　ゼロ　ゼロ
やけくそに
架空の視力検査に答えて

全問不正解になる
哀れなぼくを、笑ってほしい

画面をタップして
じっと待ってみたけど
誰も笑ってくれる人はいない
実体のない二段バスが
青山一丁目を通り過ぎると
車体に、虹色のペンキで描かれた
むなしい
という、存在しない文字を
思わずつぶやいてしまう、ああ
哀れなぼくを、笑ってくれないか

画面をタップして
じっと待ってみたけど

語尾を変えたって駄目だ
誰にでもある暗闇を
あほみたいにアップロードするな
そういう大きな声がいきなり
後頭葉をつらぬいて
がばっと布団から起き上がると
未来が急になくなった気がする
こんなことを、永遠に繰り返して
本当は暗闇のなかに
目を凝らしても、何もみえない暗闇のなかに
とどまっていたいだけ
報じてほしくないことばかり報じる
7時のニュース
ブラウン管を蹴っ飛ばした

青山一丁目

自転車を青春の顔をしてこいで
タクシーをぬきさった
電光掲示板に
ワールドレコードという
ふつうの嘘が表示される

（きみはきみでいいんだよー）

いきなりCMみたいな夏服《サマーセーラー》の女の子が進路を妨害して
わかったような口をきくから、ぼくは
いかにもきみと話したいけど
緊張してなにも話せませんという演技で
きみを無視して通り過ぎていく

きみはさぞ満足しただろう？
ぼくはもう、振り返らないけれど

これまで通り過ぎてきた道が
まだ暗闇に包まれていることを知っている
でも、その暗闇はどこか
青い気もしている

略歴

尾久守侑　おぎゅう・かみゆ

一九八九年東京都生まれ。横浜市立大学医学部卒業。現在、慶應義塾大学医学部　精神・神経科学教室に所属。二〇一一年十二月より「現代詩手帖」「ユリイカ」に投稿を始める。二〇一六年に第1詩集『国境とＪＫ』。

A《エー》S《エス》A《エー》P《ピー》さみしくないよ

著者
尾《お》久《ぎゅう》守《かみ》侑《ゆ》

発行者
小田久郎

発行所
株式会社　思潮社
〒一六二―〇八四二　東京都新宿区市谷砂土原町三―十五
電話〇三（三二六七）八一五三（営業）・八一四一（編集）
FAX〇三（三二六七）八一四二

印刷・製本所
創栄図書印刷株式会社

発行日
二〇一八年十一月三十日